純真

陳綺 著

序

我們是一抹抹星空上的燦爛

以無盡的夢想在流動的時空中

為每個日子前進

在不斷生長的過去和未來

是遺忘讓我們重新認識

錯誤　相遇　深愛　理解

廣闊的海洋深沉的大地

為我們受苦與掙扎間

是岔路　是生命的影子　思想的蒲公英

讓我們學會　原諒　寬恕

如果有一天　當神話有了證據

所有的虛偽　都盈滿了真誠

我們會認出彼此的愛

用殘餘的信仰　在彼此的光中閃耀

在樂音裡彈出相鄰的弦

在沉思裡欣喜相逢

在強大的純真裡相戀

在不同的一座座時間和空間裡
在生生世世之外的無窮裡
仁恕　臣服　相信

我們將穿越歲月的無情
接受世代的嶄新
珍惜沿途有限的緣份

所有不幸的故事
無能指認無從追索的　生與異界
在命運的地平線上
都將安然平息

轉化之心輕輕起飛
在手心降落的地方
我們將得到
下一則祝福
下一個人

下一場
美好的變局

陳綺
2016年秋分

目次

序　003

輯（一）純　009

輯（二）真　073

附錄　讀陳綺的詩讀者留言　135

後記　139

輯（一）純

1.

幸福是　生命的獻禮

為了圓滿一場　誓約而來

2.

鬆開　時間的剎那

我和你在夢想和現實之間

讓每個幸福　勇敢前來

3.

時間如流沙　悄悄消逝

已墜入人間的是

一朵朵　綻放的愛情

4.

你存在我每一個夢中

思念在風中垂盪

我們的故事　便已開始

5.

把心疼都寫進
牽掛的思念

從青綠色的夢中
一頁頁讀過
希望　等待與離分

你是我今生　堅定溫柔
僅有的那人

6.

靈魂與愛打交道

夜已無夢

思念變得　更深美

一場無悔的淬鍊

與城市流動的　風景

珍惜　每個轉角的相遇

7.

心已安然　緣已分定

我們逐步接近

愛　朝朝暮暮的牽戀

8.

愛在生命的絕境處

勇於踏出第一步

夢想　就有了希望

9.

為了離去　而到來

有一種不變的守候

美麗而完整地存在

10.

愛情融化在　花箋的囈語

將不成章的詩篇　懸繫於心上

這時候我們還沒遺忘

潮浪一般的　記憶

11.

我最害怕曲終人散

所以　不敢輕言愛或不愛

心已動搖了的事實

將你詩寫如一段　美麗的相遇

我對你的愛　與天地為證　日月為鑑

為你　我將永遠深深沉眠在

你的思念裡　安然自在

12.

風收藏　一夜的寧靜

你是我不能擁有的往事

我在飄搖的思念裡

慘悟地　優美地　夢著

對你　一直不敢輕言的愛

13.

楓葉告別迷路的微風

愛情記憶　芬芳的吻痕

星星還是尚未決定

今夜　要先實現　誰的願望

14.
有些回憶尚未拼湊完好
有些情話像迷語

我們不抱存任何期望
但 把心握在手裡

當燈火熄滅之前
一樣斟滿愛

15.

一段愛情在紫色的夢境

透過悠長的故事

點亮我倆

註定無法　相偕而行的緣份

16.

勿忘與春天　一起遠去的殘花

像我們　隱沒的過往

飛逝在　渺渺天地間

17.

花開是一種心意

被放逐的季節裡

用愛的光芒　照亮

從無到有的全程

18.
用時間的腳步　探尋
荒蕪的全貌

我們將穿越　歲月的無情
用熱淚　冷卻夢境
思念在　艱難深處
而愛　已悄悄降臨……

19.

愛你是我不經意的眠

當夜晚來臨時

用最美的際遇　與你擦身

我們的思念　既成了一弧新月

20.
讓過去的時間

為我們洗滌　一方淨土

有一天　所有絕望的心

將會被一一拾起

21.

某些傷痛　必得飄落

我仍堅守最後防線

那點點沉重

讓花開的季節　長長地延續

22.

秋風拂拭凍結的緣

文字代替思念　撫平傷口

無法割捨的一串淚

已浪跡天涯

23.

風的足跡

不再驚擾秋露的心事

愛原始的旋律

屬於我們感恩的距離

在一段攜永的故事裡

找到各自的天涯

24.

殘風帶來熟悉的秋天

路過的每一個方位

漫患者　愛的旋律

25.

相遇的火花

因你而潮湧的淚水

在季節的幽徑裡

微微的把你思念

26.

生命的短暫創造　永恆的愛

星空下的夜　不需要太黑

每一朵浪花　在字句裡生根

雨中的滴滴點點　連結著

遙不可及的思念

27.

無法停止流浪

已注定的命運絕非是　想像中的宿命

我們的海闊天空

讓我們轉身後　看見了彼此

28.

當往事漸漸變成　無法翻頁的篇章

在悲傷的情節裡

我們是一場　不合時宜的思念

29.

季節流轉如落葉之輕

在未知的輪迴裡

從淚水和冷酷的心　慢慢拭去

愛太多的燦爛

30.
所有的愛情
不為偽裝　不為欺瞞

所有的不安
只為掩飾　過多的眼淚

所有的等待
只為隱匿　飛翔的思念

你是夢想不捨得情感
而我是你未來旅途的終點

31.

該怎麼把心收回

我們如此依戀地在尋找

無法企圖上岸的　巨大夢土

32.

時間在日夜交替間

捎來世代流傳的詩篇

遙遠消失的從前

33.

我是為你迷途而來的情懷

卻只能握回一把

你無意間涉過的踉蹌

34.

讓愛情慢慢駛過

生活中的每一片風景

願淒美的往事　都有花開

35.

我是一顆守望你最卑微的星
你是我旅途的全程

有你在的世界　我的生存
竟是如此迫切渴望
不在乎那裡只有
深深長夜　淡淡天光

36.

世上的知己　如日月稀少

情誼自在其中

就好像從今後

誰又將遇見誰

相同的穹蒼下

我們全是不同的宿命

轉身的人間

生命是一場　無法回頭的荒涼

37.

將淚染的一生

隨寒風枯節記上一筆

讓我們的愛　在風花雪月裡

和心一起讀完

每一首情詩

38.

人生的注定只是一種使命

夢想之地如何遠　又如何近

有一天世上的憂懼　終將散去

以心為的情感

言語無法裝載

39.

雨下在回憶過的風景

花開的聲音

細細吹向不同的世界

太陽總是依偎著　天空和海洋

情人的眼淚是　最美的疼痛

在生命的芳菲　望見

明天的希望

40.
每一分　每一秒的想念上
讓疾速而過的愛
刻下我們　相遇的緣份

41.

白雲撐起　遙遠的盼望

當最後一場心事離去
我的夢想
也已隨寒風枯竭了

42.

星子點亮
雪地裡的每一盞燈

海潮收集濃濃思念
遺忘的淚水

心事落在
每一滴晨霧

而愛情必須在我們之間留下
渴望而漫長的　夢想與現實

43.

落葉吹進　每個寧靜的黃昏

眼淚流走所有的哀愁

寂靜沒有回聲

我們一起走來

天與地間　幸福

向我們傾斜

44.

後來　漸漸明白

如風似海的繾綣和

點點淚珠和著的唯美心事

有著　同樣的胸懷

45.

詩意從筆尖　走進文字

矜持的浪漫與意象

在靈魂深處

把寂寞留在　三月的雪融處

將一場愛戀寫成

驚　天　動　地

46.

我懂得　你也懂得

默默細述

愛情會逐一翻譯

幽幽目光中　未及出口的

心動的茫然

47.

執守一個淒冷的期盼　　　　那時　漫長的許願
堅持與抉擇　　　　　　　　在夜深沉的散影中
無法逃脫　時光歲月的痕跡　柔和地　一點點轉亮

夢的眷戀沿途收集
凝滯的心事

湧出的思念　倒轉回憶
愛恨已成心碎的風景

48.

是多情的目光

月光與閃亮星子間的繫伴

為思念而下起的未明雨聲

猶如春天的七里香

只宜輕輕擁有

你是我無怨悔的心繫

49.

思念下起　飛紛的雨

我們的夢想　不再來自過去

所謂人生注定會離去

曾經的存在　不再指向遺忘

我們終能在　浩瀚深藍的天宇

找回　最初的愛

50.

深灰色的名字叫　真情

潦草寫下幾行之後

裝進思念

斷開的結局裡

滿懷憂傷的淚　隱含著

越翻越厚的愛情

51.

取一點四季的色彩

語言秘事不再各自

在茫茫的愛情中

尋找　廝守相連的銘心

52.

心會在

淚水流下的那一刻

用思念的重量

拉近了　我們的距離

53.

在愛情的鎖鏈上

我們是彼此　緊扣住的那一環

就算遇劫不復　夢想遠近長短

止不住的心動　也已慢慢衰朽

我們依然懺悔於　滿足於

生命的荒唐與無常

54.

在未知的夢境裡

我們置身在　不忍善良以待的情境

哭泣的時候

誰也無法將我們的愛

惡意的刺傷

所有的哀傷都會走過

每天必經之路

或許人生的一切

都因為美麗的意外緣故

55.

下一個愛情　遠行的路口

沒有慌亂

只有

歡笑和淚水

可以返航的時光

56.
用漫長的悲傷學會沉默
夢境已裝滿
誤點的愛

我們終將歸屬於
不斷迷路的時間

57.

五月的時光和煦吹響了
心底的寂寥

天空的湛藍　指派來
芬芳的氣息

這是一個都無所謂的世界
是另一個神話存在的世界
我們笑臉相迎
任何心存感激

58.

輕輕牽你的手

我們的童話是　人生最美的歌

在微小的機率中

漸漸學會　將時間放得更慢些

更輕盈　更溫柔地對待

我們之間太多的不安

直到我們都歷經

人生每一條道路

我們光華不再的容顏

不卑不亢的心

已習得了　舉世荒涼無常

59.

我們立身處事所有曲折　　我們的心已為此　不再害怕凋零
默默地在旋轉　　　　　　徬徨與苦難
心與未來起伏成
已不足為憾的放縱

怎能不動搖
如刻痕分明的愛情
它在茫茫人世
為我們安靜燃燒
沒有分寸　只有溫暖的悲壯

60.

愛　塵埃落定後

連悲傷也如同　美麗的記憶

61.

時間會慢慢老去

短暫也是一生

我們彼此並生的夢想

在此生不悔的起落

或許停棲　或許飛翔

在生命的燈塔

歲月離去的痕跡　會刻下我們

在未竟之路撒下的預言

62.

情隨思緒起落　　　而我們　在一萬種可能的相遇裡
秋風裡走過的夕陽　　自由飛往遠方的終點
像永不退色的油畫

時光留下
無法譜成歌曲的音符

廣闊的大地
努力書寫自己的故事

輯（二）真

1.

有璀璨的星空

有美麗的天堂鳥

有光明無限的夢境

那是一個

只為了思念你而來的地方

2.

奇蹟在故事裡　　等待純真

當真心成為謊言

當謊言成為真心

落下的雪與冷冷的火焰

在未來的歸屬

等待花的風情萬種

3.

你在我的歲月裡

是一片海闊天空

沒有風霜雪雨

只有暖暖的波心

4.

我來自被你疼愛的世界
而你來自我牽掛的胸懷

兩個人的世界　已合而唯一
我們的幸福
不再只是瞬逝的煙火

5.
如果相愛的我們就要分開
夢　能不能留住我們的眼淚

在這世界無論愛　在何方
我們是最美的故事 最美的滄桑
或許我們注定要走向　不同的未來

無論時間過了許久
在細雪紛飛的夜晚
我們將閉上雙眼
做一場完美的夢

6.

如果我們的愛情還有夢想
請不要讓心變的太快
也不要讓思念像落葉一般
消失無蹤

我會試著改變自己的未來
對你的感覺依然存在
在我心中為你保留一個
最適當的位置

7.

雨絲輕落在　希望的微光

當我們隱約地想念彼此時

那是我們之間的　一種緣

相互擁抱　相互信任

相互寫下許多　人生風景

8.

在流動的　時空中

為每個日子　前進

我們將短暫相聚於

如此平靜的　幸福

只有溶雪知道　情到深處後

便再也不覺得了

即使如此　此刻

對你的一切　將勝過永遠

9.

關於人間　關於愛情
我只有情情的淚

願永恆默默存在
彼此的每一分鐘

有一天你將會明白
我的愛　始終是最初的等待

10.

我的眷戀

為你無聲地存在

我將承載

這漫長而黑暗的旅途

因為你是我在絕望中

唯一的心願

11.
相聚與離分皆在身外
只要是真性鐘情　深邃緣份
相見你的願望　將向你而去

12.

我們前世　遺落的相依

為今生誓約而來

愛情堅持的溫度　如此貼近我們的距離

這世界已允許我們相遇

我們將在心事起伏的曲線　詮釋

最動人的旋律

13.
你是我在夜裡
淺淺的睡眠

我的綻放與凋萎
只為你一人變幻
對我而言
你像一場突如其來的永恆

14.

某些相遇

勢必是變調的悲歌

童話宇宙成了

我們最遙遠的幻滅

曲曲折折的愛情裡

我會沉默地思念你

15.
收納愛的隻言片語
一如當初　你留下的
龐大夢想　也一起珍藏
以一首特長的詩
或以被你遺忘的稿紙
好讓此生延續我們的故事

Back to School

16.

過去或未來

我會刻意想念你

有一天　當回憶都變成了傷痛

時間會慢慢修護我們

千瘡百孔的心意

17.
我們的相遇或許只是誤會一場
愛已是曾經的夢想

封蓋刻有我們的過往
等待某個年份來見證
我們無法獲得的完美

18.

儘管愛在

我們抵達之前已變奏

回憶　終將成為我們

僅存的依憑

19.
抹不去的記憶　已成詩
快樂的每一天　盡收眼底

如果夢想能減輕　所有的絕望
愛對我們而言　不再只是局外人

20.

星光是夢想

善良的愛情都在那裡

我與你　總有一日

在無法預兆的未來

決定寫下　一段傳說

21.
時間對我們已成為
悲傷仍要假裝漫長的　白晝與黑夜

22.
時間讓我們更了解彼此
也許是歲月無情　無法能天長地久
我們的愛是如此謙卑

在死亡和信仰之間
我們只是需要一雙
能飛的翅膀

23.
如果我的世界沒有你
日子就無法詩意了

有一天　總有一處
會屬於我們
我相信那會是　簡單又平凡的幸福

24.
思念無法穿行而過的夢境
靜靜等候　你的心意

25.

如果　我們還有前世與今世的緣

我滄桑的歲月　在未來的路上等你

26.

你是我埋藏許久的　情有獨鍾

我只能隔著夢境拉近　與你的距離

愛你和失去你　都不再需要理由了

27.

我什麼也無法對你說

只是選擇了讓命運

這樣的洗練

沒有怨言　皆為情願

在你心湖　輕微的風中

我將隱身成

你此生不悔的等待

28.
我愛這喜歡你的心的跳動
有你無時無刻的美好

我相信我的世界
一閃　一滅　一明　一暗
有你的愛相連著

29.

一直夢想著你會回到我身邊

無論我在何處

你終日是我最美的滄桑

所有的等待不曾消失

雖然故事的結局

並不是我們所期望的那樣

我將永遠為你綻放著

30.

我是你沉重的珍藏

遠方的迷茫　會照亮你的方向

把最牽掛的你寫在心間

在象限的遠近

如果　我們的相遇是

星子之間的光點

我在流浪的終點　分裂成

你每一個　美好的想念

31.

我在等待

便記錄我們的愛

每一個細微的角落

只是不知道　你會不會來

32.

我在這裡

在愛情開始的地方

在你停留的地方

待你取捨　我來不及

墜地的眼淚……

33.

緊依你的眷戀　　　　　　　千里遠的這條路
聽你的情話　會忘了心傷　　有我陪你荒涼人世

愛情是一連串　長長的過程　　茫茫人海　就算夢無法成真
在這個世界因為我的愛　　　　我將與你一起走天涯
你會更幸福

34.

我只願意成為

你偷偷積聚已久的眼淚

也不願成為　你生命中

更多的等待和　更多的努力

35.

往事一幕幕　在愛情的夏夜
觸動著我們的真心

雖然時間無法倒轉
我們不曾懷疑彼此的真心

在陽光接縫處
我們將卸下防備
找尋
無法挽回的一條
離開的路

36.

無論是苦是甜　是喜是悲

無論這條路　是對是錯

你承諾的句點　是我唯一的歸屬

37.

我仍是你旅途中的過客
懸在你夢的窗口的微雨

帶著你不肯鬆手的思念
為你世世生生　情深款款無邊

38.

我們的故事　從前世走到今生

從緣盡到情生　已輪迴千千萬萬年

生生世世　朝朝代代

我們仍是那麼長的緣份

在流轉的人生　用心去體會

相知　兩心　相許

39.
我不失足　也不盲目
只有愛得深邃的天份

就算心碎的風景
殘破不堪的等待無處可安息

在苦難的人間
與你美好的相遇
收藏在深深心底

40.

如果沒有你在我心上
我無法獨自走過無常冷暖
你在我閃亮的記憶裡
已成過長的思念
謝謝你　為了相遇我而來

願在時光深處
用你今生的痴情
換醒我今世的愛

41.

在愛情的世界

你是永恆　絕對存在

而我是墜落

相對消失

42.

我們融化在　彼此並生的傳奇

在月光深處的寂靜　收放淚滴

在回憶裡完整地想及　我們曾經的過往

如果這是我們　最後一場相遇

願我們的思念停滯在　沿途的美景

43.

我們有相同的夢

不會讓愛走向　分岔路

不會讓心事變化多端

也不會讓思念　走向

沒有以後的傷痛

44.

相聚離分　無法並生

在漫漫長路
願你　永恆的希望
伴隨我獨自走過　無常冷暖

45.

在夜裡　為我留下的餘溫

在夢裡　為我停駐的那份愛

我依然在蒼莽的曲折裡　等候

46.

把思念張貼在你每一片漂泊上
我們之間也曾有過習慣或者夢

用無數待變的沉思
逐一點亮心事碎片
用落空與冥想
銘刻你的愛

於是　我的世界已充滿了你

47.
我們一定在　璀璨煙火下的對角
在微雪的冬夜　在瞬間的悸動
用心懷的憐憫　既敬且畏的命運
完成走向愛情

48.
我是默默裡義無反顧的
夏日狂烈　春水靜涼
初雪如花　秋水奔騰

用真愛　為你閃耀著
世世生生的承諾
不需再風　不需再雨　也不需再苦

49.

若你的足印尚存

我用思念你的一百種思緒

多一點愛　少一點遺忘

若你已走過我的生命

你贈予的專屬祝福

我將永存萬有

50.
我一直細心呵護著
你來到我身邊的那天

在每個必經的路上
我們是彼此最深邃的愛情

51.

傷心的淚落向何處　　　　　在失望的盡頭
心已被你的愛烙印　　　　　若我的離去
　　　　　　　　　　　　　讓你擁有你想要的生活
在生命的全程　　　　　　　我願意扮演失去所有的角色
幸福如果變成了牽絆
我情願失去方向　　　　　　在茫茫人海
　　　　　　　　　　　　　未來的你會懂我的心意
在情感的世界　　　　　　　而我　　將停留在
你給的愛叫放手　　　　　　我們最初的時間與落葉……
我情願讓愛
結束我們的天長地久

52.

那時我們的情緒和表情
編寫著簡明的故事
或者描述更為重要的細節

而我們的愛
始終置身在日昇日落裡

53.

在文字的波濤裡

在你許多的歡愉中

包括愛情　包括回憶

我是你最慈悲的對望與

你恆久的記憶

54.

愛已深切　相思沉重

哪怕與你從此相隔離

我願化作無法回頭的片片落瓣

不離不棄　與生相許

55.

愛要明白的透徹
不無可能

某一天　我們無意間來到這裡
我們是這樣　走進彼此的中心
不為相見恨晚所困
遠遠牽掛　遠遠相守
讓愛情跟上我們的腳步
用心就不會錯過不期而遇

緣份要開始與結束早已預先存在

56.

你像一道彩虹

早已紛飛成

我確定的情感

我的右手　等待著你的左手

你是為我　唯一的來者

有一天　我的生命退溫了

我的影子　仍然會思念你

57.

你早已穩穩退去

我們最陌生的地方

成為　不再回頭的旅途

帶給你的

滿滿愛和滿滿幸福

我已收藏在

眼眸裡的情淚

58.

旅行就這樣　匆匆結束

有人說真心的人

總是找不到　依靠的翅膀

所以我已經放棄飛翔

我們最終的結局

只能以行行細碎的文字

收場

59.

我把心裡的滴滴點點

留在我們的童話宇宙

關於日常的喜怒哀樂

任由它一幕幕自由演繹

60.

有些卑微的　累累傷痕
只是青春愛情的　心碎滋味

我們將在依然漫長的來日
密密隱藏著　淺淺的傷痛

61

既然丈量不了心

寫下這份從容的愛

那一刻

一切被往事珍惜地點燃

附錄　讀陳綺的詩讀者留言

1.

陳綺擁有創造力層出不窮的靈魂，她選擇用文字
訴說，暗藏在情緒深處的事物，從開始寫作直到
第十五本書《純真》的誕生，陳綺的思想年齡與
詩思年齡差距並不大，這意味著她一直追求的是
一種無風無雨的意境……

2.

因為陳綺的優秀作品精華實在是太多，本人難以
捨棄舉例每一本每一篇。
陳綺非常有張力的文字，深熟的文筆，已經感動
了無數個人，第十本紀念詩集《旅行日記》也是
陳綺另一本最佳代表作。

3.

將些許淡忘的回憶塗上，繽紛的詩句，再留下一
種書寫過程的痕跡，這是陳綺的創作的精神，我
們再次期待她建造的神話階梯與親情，友情，愛
情結合而生的詞意……

4.

你為我們步出希望的腳步
追逐奔跑，好讓遊走於一片空白中的人生
寄託在你精彩的筆尖上……

5.

一度想逃亡的生活
隨著時間隨著被你精彩的故事修護之下
終於有了美好的歸屬……

6.

親愛的綺，我逐字逐字讀著你每一則
不該被人們遺忘的故事，高壓力，快節奏與科技
化的時代裡
妳悠遊於字裡行間，寫著，深深遠遠長長寬寬的
情意

7.

在妳充滿深情與觸景的寫作風格之下
一個字，一個標點符號都能成為
生命的百般樣貌，妳說這是天賦妳的責任

也別忘了，在時光的隧道中
為自己要祈禱的方法……

8..
從2004年到2016年在這不算漫長的歲月中
陪伴著妳的總是陌生人，妳在一點一點的實踐中
建造的是
妳的夢想，妳創作的情節，還有那些字字片語旋
轉成風箏的輪廓

9.
這世界並不太完美尋覓也是一種美好的旅行
親愛的綺，請繼續飛翔，妳是浩瀚宇宙中最閃耀
的一顆星……

10.
如草地般的文字剛剛被妳修剪過
有了可以屏息綿密色澤的意境
我們真實的距離也可以不再被驚動……

11.

我們的夢想可以沒有太多的浪

就如妳所描述的文字我們不要放棄

一場輕輕淡淡的愛戀可以飛翔的權力

12.

妳的作品是一個浪漫寧靜的場所

珍惜悲憫勇氣的文字中肆意揮灑著

親情的不捨，愛情的方向，友情的色彩

13.

妳的創作是一種感傷的堅硬

妳靈動的詩句是不同情感樣貌的交替者……

由衷感謝一直以來無條件支持我的每一位讀者……

謝謝您們

後記

在白茫茫的凡塵與蒼生
在冷暖的輪迴
即使生命的一切已改定
願故事中的文字沖淡所有的缺憾

為了嚮往更美好的未來
於是我的夢想將雪亮

我們常說時間過的很快
又過了一天　又過了一個月　又過了一年
經過了人生的一個階段之後
雖然已經寫了十五本書　無論寫作生活　處事態度
我一直在學習當中　也許時間走的太快
人生的經歷　所發生的一幕幕　起航又折返
這樣的過程中總會留下　值得深刻索尋的畫面
將這些珍貴的過程　用文字一一呈現在
我的每一本書中……

陳綺
2016年夏令

讀詩人98　PG1665

 純真

作　　者	陳　綺
責任編輯	杜國維
圖文排版	楊家齊
封面設計	蔡瑋筠

出版策劃	釀出版
製作發行	秀威資訊科技股份有限公司
	114 台北市內湖區瑞光路76巷65號1樓
	電話：+886-2-2796-3638　傳真：+886-2-2796-1377
	服務信箱：service@showwe.com.tw
	http://www.showwe.com.tw
郵政劃撥	19563868　戶名：秀威資訊科技股份有限公司
展售門市	國家書店【松江門市】
	104 台北市中山區松江路209號1樓
	電話：+886-2-2518-0207　傳真：+886-2-2518-0778
網路訂購	秀威網路書店：http://www.bodbooks.com.tw
	國家網路書店：http://www.govbooks.com.tw
法律顧問	毛國樑　律師
總 經 銷	聯合發行股份有限公司
	231新北市新店區寶橋路235巷6弄6號4F
	電話：+886-2-2917-8022　傳真：+886-2-2915-6275

出版日期	2016年11月　BOD一版
定　　價	200元

國家圖書館出版品預行編目

純真 / 陳綺著. -- 一版. -- 臺北市：釀出版,
2016.11
　　面；　公分. -- (讀詩人 ; 98)
　BOD版
　ISBN 978-986-445-159-3(平裝)

851.486　　　　　　　　　105018598

讀者回函卡

感謝您購買本書，為提升服務品質，請填妥以下資料，將讀者回函卡直接寄回或傳真本公司，收到您的寶貴意見後，我們會收藏記錄及檢討，謝謝！如您需要了解本公司最新出版書目、購書優惠或企劃活動，歡迎您上網查詢或下載相關資料：http:// www.showwe.com.tw

您購買的書名：＿＿＿＿＿＿＿＿＿＿＿＿＿＿＿＿＿＿＿＿＿

出生日期：＿＿＿＿＿年＿＿＿＿＿月＿＿＿＿＿日

學歷：□高中 (含) 以下　　□大專　　□研究所 (含) 以上

職業：□製造業　□金融業　□資訊業　□軍警　□傳播業　□自由業
　　　□服務業　□公務員　□教職　　□學生　□家管　　□其它＿＿＿

購書地點：□網路書店　□實體書店　□書展　□郵購　□贈閱　□其他

您從何得知本書的消息？

　□網路書店　□實體書店　□網路搜尋　□電子報　□書訊　□雜誌
　□傳播媒體　□親友推薦　□網站推薦　□部落格　□其他＿＿＿＿＿

您對本書的評價：（請填代號　1.非常滿意　2.滿意　3.尚可　4.再改進）

　封面設計＿＿＿　版面編排＿＿＿　內容＿＿＿　文／譯筆＿＿＿　價格＿＿＿

讀完書後您覺得：

　□很有收穫　□有收穫　□收穫不多　□沒收穫

對我們的建議：＿＿＿＿＿＿＿＿＿＿＿＿＿＿＿＿＿＿＿＿＿

＿＿＿＿＿＿＿＿＿＿＿＿＿＿＿＿＿＿＿＿＿＿＿＿＿＿＿＿＿

＿＿＿＿＿＿＿＿＿＿＿＿＿＿＿＿＿＿＿＿＿＿＿＿＿＿＿＿＿

＿＿＿＿＿＿＿＿＿＿＿＿＿＿＿＿＿＿＿＿＿＿＿＿＿＿＿＿＿

11466
台北市內湖區瑞光路 76 巷 65 號 1 樓

秀威資訊科技股份有限公司　　　收

BOD 數位出版事業部

....

（請沿線對折寄回，謝謝！）

姓　　名：_____　年齡：_____　性別：□女　□男

郵遞區號：□□□□□

地　　址：_____

聯絡電話：(日) _____ (夜) _____

E-mail：_____